青春心语

上官卿文 著

台海出版社

图书在版编目（CIP）数据

青春心语 / 上官卿文著. — 北京：台海出版社，
2021.6

ISBN 978-7-5168-3009-3

Ⅰ.①青… Ⅱ.①上… Ⅲ.①诗集－中国－当代
Ⅳ.①I227

中国版本图书馆CIP数据核字(2021)第090910号

青春心语

著　　者：上官卿文

出 版 人：蔡　旭　　　　　　　　封面设计：邢海燕
责任编辑：王　艳

出版发行：台海出版社
地　　址：北京市东城区景山东街20号　　邮政编码：100009
电　　话：010—64041652（发行，邮购）
传　　真：010—84045799（总编室）
网　　址：www.taimeng.org.cn/thcbs/default.htm
E－mail：thcbs@126.com

经　　销：全国各地新华书店
印　　刷：河北盛世彩捷印刷有限公司
本书如有破损、缺页、装订错误，请与本社联系调换

开　　本：880毫米×1230毫米　　　1/32
字　　数：112千字　　　　　　　　印　　张：5.75
版　　次：2021年6月第1版　　　　印　　次：2021年6月第1次印刷
书　　号：ISBN 978-7-5168-3009-3

定　　价：42.00元

前　言

我想，总要给青春留下点什么。于是，写下了这本书——《青春心语》。

关于青春，我们的花样年华，有着相似的故事，我们都收藏着属于自己的美好。

于我而言，青春的遇见，是在刚好的年纪，遇见了约好的青春。从此，窗外的明月成了思念，春夏想念秋冬，灵魂不再孤独。

于我而言，年轻的追梦，是一颗勇敢的心朝着梦的方向前行。年轻人不怕失败，无畏挫折，将青春奋斗成无悔的岁月，不留遗憾。

于我而言，青春的远方，是说走就走的旅行。带着向往出发，去感受远方的诗意。最好和心爱的人一起，背上行囊，自驾出游，说走就走，想留便留，记录美好，收藏诗意。

有幸于书中与你相遇。愿书所写，念你青春，待你温柔，也有岁月静好。

　　愿每个人的青春，都被温柔相待；愿遇见的爱情，都舒适幸福；愿你的热爱，都不被辜负；愿你的远方，有向往的诗意。

　　致青春，最好的年华，最好的我们。

上官卿文

2021.5.21

目 录

001 / 青春

003 / 明月知己

005 / 海边咖啡屋

006 / 一个小偷

007 / 遇见，刚刚好

009 / 秋思

010 / 枕惊鸿·少女芳容

011 / 校园童话

012 / 白莲花

013 / 活着

015 / 惜今朝

017 / 稻城念

019 / 遇见海岛城

022 / 凤凰山

023 / 东江水

024 / 如果遇见

026 / 乡下生活

028 / 寿星明·毕业

029 / 遇见花开

030 / 流浪

031 / 如果没有遇见你

033 / 年轻人

035 / 有趣灵魂

036 / 害怕

038 / 酒

039 / 相思雨

040 / 多情月

041 / 小城雪

042 / 红颜知己

044 / 请爱上我

046 / 静悟

047 / 我喜欢你

049 / 前后桌

050 / 街头

051 / 红尘事

052 / 彗星

053 / 一年春·惜华韶

054 / 梦

055 / 人间四季

056 / 夜曲

057 / 童年

059 / 红颜

060 / 流年

061 / 初雪

062 / 冬想

063 / 一月

065 / 余生是你

066 / 遥远岁月

067 / 夜无眠

068 / 心爱的人

070 / 午后时光

071 / 离别情

072 / 心花

074 / 车子

075 / 秋日心事

076 / 烟花之约

077 / 关于初见

078 / 无梦令·情念

079 / 我想

080 / 奔跑的少年

081 / 缘分站台

082 / 洱海情

084 / 一生太短

085 / 春思

086 / 都明白了

087 / 去拉萨

088 / 期盼

089 / 相见欢·初见

090 / 海岸

091 / 青春的后来

093 / 花之悟

094 / 白虎志·少年郎

095　/　夜色

096　/　四年

097　/　相遇

098　/　乡愁

099　/　遇见真好

101　/　惜真情

102　/　错过

103　/　一个人的夜

104　/　六点钟

106　/　安静的夜

107　/　心暗面

108　/　心向阳

109　/　给未来的回忆

111　/　还有期待

112　/　许愿瓶

113　/　做一个快乐的人

117　/　你敲开我的窗

118　/　孤独海岸线

119　/　从前

120　/　现今

121 / 美人怨·迟暮

122 / MP3

123 / 夏念

124 / 彩虹

125 / 三世轮回

126 / 漂流瓶

127 / 仅你可见

128 / 行者

129 / 相忘

131 / 初秋

132 / 听史书

135 / 笑颜

136 / 岁月情长

137 / 恋爱的感觉

138 / 心声

140 / 夏天的后院

141 / 她

142 / 无题

143 / 书和日记

144 / 年轻的诗意

146 / 后知后觉

147 / 情深

149 / 来生缘

150 / 长相思·情深

151 / 诗人

152 / 美人

153 / 无题

154 / 三行情诗

155 / 遗憾

156 / 玉兰花香

157 / 情归处

158 / 最好的爱情

159 / 佛语我

165 / 水调歌头·庚子中秋

167 / 后记

青春

遇见

错过

都曾梦见

那棵樱花树

开在风里

是我们遇见

那朵栀子花

开在梦里

是你的微笑

那朵白莲花

开在心上

是你的样子

那个你啊

住在心里

是我的青春

明月知己

自从遇见你

我和明月就结成知己

明月知道我的思念

我知道月的思愁

夜里，我们心有憧憬

不肯入梦

自从遇见你

我便把心事说给月听

明月也偷偷地告诉我

他的心上人是你

夜里，我们互诉心事

入夜长谈

直到深夜时候

明月还伴我想念

我仍陪明月痴情

我们一起

守护你的好梦

为你不眠

海边咖啡屋

海边的咖啡屋

有安静的风景

音乐和咖啡

静静地看一本书

倦了，便抬起头

面向大海

风清　海阔　天蓝

海风，从远方吹来

吹走了倦意

带来期盼

很喜欢这份情与景

眼前有诗意

风里有远方

一个小偷

一个小偷

偷偷地爱你

偷偷地想念你

也偷偷地

把你藏在心底

一个小偷

偷走我的梦

也偷走我的心

还把明月　偷偷地

挂在我的窗前

遇见，刚刚好

青春，正在路上

陌生的我们

相遇在注定的时间点

你不迟，我不早

刚刚好

就在最美的年纪

遇见彼此的青春

樱花树下的初见

风吹来了芬芳

你不来，我不走

刚刚好

就在樱花最灿烂的时刻

我们　相视微笑

我们一起仰望

心存美好

不急不慢，不迟不早

刚刚好

就在应该遇见的年纪

相遇相识

秋思

思念你

伴着秋夜转凉的风

叶子散落一地

片片　是秋夜的思愁

我透过轩窗

望着你窗外的明月

凉风卷帘，寒意渐起

心问

远方睡梦中的你

是否感知到

这风有点凉

这夜好漫长

枕惊鸿·少女芳容

素面朝天动容

豆蔻年华玲珑

笑颜无邪最芳容

迷人眼，动人心

一步一莲花倾城

十里桃花面红

国色牡丹妆容

端庄莞尔胜花容

是风景，醉人心

一笑一香容倾国

校园童话

九月的童话

在象牙塔写下

那初见的人儿

会住在心底

悄悄生长

那有情的人儿

会慢慢靠近

惺惺相惜

于你

我会写好情节

让童话幸福

给岁月品读

白莲花

日夜的期盼

会化作一段尘缘

佛说过

缘分来的时候

你　就会出现

而我　便会遇见

这是青春的约定

我们如期而至

青涩　是初见的样子

微笑　泛起了涟漪

你闯进我的心底

住满了左心房和右心室

在我的心上

开出一朵　白莲花

活着

活着

也许就是这样

有时会很累很苦

却仍要咬牙面对

为了生活的甜

生活

也许就是这样

为生计奔波他乡

为梦想拼搏异乡

又常常思念故乡

活着

本该就是这样

为了亲爱的人

和明天的自己

过上更好的生活

惜今朝

朝看暖阳升，夕看晚霞景

往事多回味，岁月成风景

遥想前古人，举杯消愁情

不知饮者醉，但求留其名

酒尽人终散，青春不同行

老友相离去，心有意难平

君可知，日复日

朝阳西落又东升，皓月难眠归故里

自是流年似流水，转眼繁华都成空

如飞花般易谢，如美梦般易醒

如春去秋来也，如日月不同行

卿可知，人生自有苦难言

何求人间有知己

君不知，良辰美酒金不换

快活此生任逍遥

不求世间人无憾，但愿今生长相伴

今宵意气伴豪情，莫把青春付明年

琉璃碗，琥珀光，玉盘月，长亭前

与君笑饮千杯酒，天下谁人醉成仙

稻城念

有个远方叫稻城

亚丁是心中净土

神山的冰雪

会化成清泉流下

灌溉成海子

孕育出稻城的诗意

牛奶海的纯净

洋溢着稻城的安详

五色海的传说

藏着亚丁的秘密

那朵七色的祥云

在等有缘人的出现

来到亚丁

心　会被温柔偏爱

爱　也将被升华

倘若　你看到了七色祥云

祝福你　幸运的旅人

好运　将会与你长伴

遇见海岛城

缘，是一个人

去到一座城

遇见一个人

微笑如夏花

遇见　又恰似梦

在这个浪漫的小岛

仿佛　随时

都会开始一段缘

因为，微风刚刚好

街边的音乐刚刚好

舒服　悠闲　浪漫

我　在这里

倾听微风，触摸阳光

心有期待

一个人　等一个人

你　会出现

我　会遇见

小岛的傍晚

夕阳渲染了天边

潮水拍打着海岸

浪花在风中盛开

我　在这里

眺望远海，呼吸海风

心有期待

一个人　等一个人

你　会出现

我　会遇见

缘分，总是不期而遇

转角，也会遇见爱情

来到这座城

会遇见一个人

我　在这里

风知道

路人知道

而你　却不知道

我知道

来到这座城

会遇见一个人

在不经意间抬头

在蓦然间回首

你　会出现

我　会遇见

凤凰山

凤凰山上凤凰居

凤凰遨游福临兮

福兮福兮与天齐

凤凰护佑地灵兮

东江水

春风又暖东江水

满江春意向东来

且看昨日风尘去

今朝滚滚活水来

如果遇见

如果可以遇见

我愿再等等

只为遇见对的人

可以真心相爱

知心相伴

如果可以遇见

我会虔诚祈祷

祈祷能早点遇见你

不然，我们都会老去

如果可以遇见

我就种一棵会开花的树

每一次的期盼

都开出一朵白花

等树开满花

便可装饰这场遇见

如果可以遇见你

我愿再等等

一年，十年，或是

或是一万年

乡下生活

热爱乡下的生活

自在，悠闲

清晨闻鸡鸣

午后观云舒

安稳的日子

单纯地活着

是岁月的静美

乡下的白天

是天蓝云白，微风清爽

干净的阳光

洒满了整个村子

稻穗一闪一闪地弯着腰

是勤劳的村民在地里劳作

喜欢乡下的夜晚

清澈的夜空

被皓月和星辰点缀

我可以坐在门前

观宇宙浩渺

享山林幽静

与家人闲谈

乡下的人们

淳朴的风情

日出而作，日落而息

热爱着脚下的土地

一天天，一年年

日子慢慢地过着

好似自然的生息

乡下生活

我热爱的乡下生活啊

是诗里的远方

心中的　桃花源

寿星明·毕业

毕业当天，师生齐聚，蔚蓝天空

看校园内外，情意冗冗

书馆上下，记忆重重

食堂宿舍，课室操场

伴我青春岁月同

至今日，问逝去岁月，可否再重

时光静默不语，忆往昔风华岁月匆

正青春年少，一身是胆

心中有梦，问鼎苍穹

立下壮志，畅谈未来

不畏前路风雨中

别昨日，去追梦千里，不忘初衷

遇见花开

听说

花开的时候

是遇见的时刻

听说

遇见的时候

是心花绽放的时刻

还听说，爱

是花开无声

心动寂静

又来势汹涌

不可阻挡

流浪

想要去

陌生的城市　流浪

然后，遇到

另一个流浪的人

聊一些过往的事

和许多未来的事

我想去

遥远的远方　流浪

然后，遇到

另一个流浪的灵魂

聊一些故乡的事

流浪的事，以及

一起做些有趣的事

如果没有遇见你

如果没有遇见你

我不会知道心动的感觉

也不会尝尽思念的滋味

是你，让我明白

从遇见，到爱上

只在刹那间

一个眼神的交集

便注定了往后的深夜

你　在睡梦中

我　在思念你

如果没有遇见你

我不会爱上窗外的夜色

是你，让我对月多情

星河下

我只愿化作一个好梦

和清风明月一同

进入你的梦乡

告诉你　我喜欢你

年轻人

年轻人

你就大胆一点儿

去追心中的梦

哪怕错了　输了

也还年轻，可以重来

你就自信一点儿

让心勇敢起来

去迎接追梦的挑战

你要心怀壮志

不畏前路长远

你的炙热的心啊

要趁年轻发光

再等等，就老了

年轻人啊

你就大胆去拼闯

不留余力地

因为年轻

是你最好的样子

该拼搏的年纪

有趣灵魂

你可知道

是城南的花海太美

装饰了你我遇见

青春　便有了我们

你又可知道

是那天上的明月

太过于多情

思念　才会不知辛苦

不问归期地去找你

你又怎会知道

是两面微红的你

加速了我的心跳

让我那孤寂的灵魂

也渐渐地　有趣了起来

害怕

遇见的年纪

请别让我们错过

爱，就一起勇敢

不然　我害怕

我害怕，一转身

春天已在身后

夏天变成过往

而你　成了心事

我害怕，重逢时

秋月不再迷人

冬雪少了浪漫

我们　有了陌生

我害怕，一告别

江南便会朦胧

心花从此凋落

我害怕，再见时

已是多年后

彼此　成了过客

我最怕，再不开口

从此，就没有往后

余生，便错过了你

酒

是那时候

年少未经事

不知情爱，不懂风情

喝酒苦了喉

不知情愁，不解愁

是那时候

青春入红尘

遇见你，动了情愁

对月举杯，苦了思愁

解了心愁，可消愁

是那时候

红尘碎了梦

错过你，负了年华

喝酒解愁，怎料更愁

不解愁，酒无味

相思雨

一曲相思雨

载有几多愁

夜来听风雨

声声是心愁

多情月

明月多情敲窗开

思念连绵愁自来

清风传情不解意

入夜无梦心事来

小城雪

小城飘雪冬又来

一夜寒风月更寒

古来相思终成疾

唯有真心无药医

红颜知己

你看春日微风轻轻

吹过你的发丝

花瓣随风飘飞

恰似你的柔情

你看秋日星辰满天

微风轻轻入梦

窗外月色温柔

恰如我的思念

你看啊

我们在那一时遇见

那一刻相爱

从此，你是红颜

我是知己

往后，你伴我入梦

我伴你左右

请爱上我

如何让你爱上我

在我们遇见的时候

你成风景，心为你动

我求佛

别让我们错过

如何让你爱上我

在你的心，还没

住进别人的时候

我求佛

让我住进你的心里

做你的心上人

如何让你爱上我

在我们都相信童话的年纪

爱你的心，从一而终

不变的情，是我对你

我求佛

让你爱上我

就像　我爱你

我在年华最好的时刻

遇见最美年纪的你

佛说：这是缘

所以，请爱上我

或者，让我守护你

静悟

听一场雨

读一本书

忆一些往事

寻一段时光

闭一刻眼

静一会心

空一身杂念

悟一个人生

天道自轮回

人生世无常

苦乐由心生

凡事不强求

随心随性

知足便能自乐

我喜欢你

我喜欢你

因为初见的心动

微风轻轻吹

嘴角微微扬

我喜欢你

只因，那一眼心动

我喜欢你

因为窗外的月

风吹来了思念

夜色　是今夜无眠

我喜欢你

只因，那一夜相思

我喜欢你

因为是你

仅此而已

前后桌

那时候

我们离得很近

我到你的距离是　前后桌

伸手便可以触及的距离

却是我无法逾越的星河

我只是静静地默默地

望着你的背影

那个时常会梦见的人儿

终究，三年如梦

梦过，已是多年后

而心上的疤，是当时

将遗憾默默珍藏

留给今后怀念

街头

繁华的大城市

装下了太多太多

在凌晨的街头

孤独的路灯亮着

等客的的士守着

异乡人的烟未灭

红尘事

千万次回眸

百万次等待

在相遇的地方

只为一次心动

是青春的遇见

正是

我当婚，你当嫁

在最好的年纪

步入红尘

有少年的欣喜

有少女的羞涩

亦有青春的美好

是红尘事

爱在心头

你在心中

彗星

新闻说

今晚　会有颗彗星

从大气层划过

错过便要等上千年

浩瀚宇宙里

我们都是尘埃

会被时间风化

会被岁月遗忘

谁也熬不过千年

但，今夜属于我们

于是　我们相约静待

一起牵手仰望

看光芒划亮星河

然后　坠入心间

一年春·惜华韶

东风又过梨花树，随风去，留不住

回首才知花满路

风正得意，满城春好，繁华入满目

花谢纷纷又春暮，伤春悲秋年华误

更恨流年抓不住

芳华易逝，朱颜易老，最是伤心处

梦

我时常在想

昨夜梦见的姑娘

她在梦里，是否

也梦见了我

那些梦见的美好

是否有她的憧憬

她是否也和我一样

会在睡前用力思念

编下一个好梦

让心念的人

进入　这个好梦

人间四季

当春风吹过，夏雨洒过

你从我的身旁经过

眼神确认过，心动过

我们相视微笑过

当秋月照过，冬雪飘过

窗外的风吹过

你　在我的心里念过

我们的爱　不曾变过

看人间四季　轮回过

最美的，不过是

我们　牵手走过

夜曲

当月光洒满窗台

思念便会无解

尽管　夜已深了

可明月偏要多情

把思念谱成了曲

在夜里轻唱

勾起思人的爱恨

让夜空寂了下来

让心又孤独起来

就在我想你的时候

思念　它便乘风而起

逃离我的房间

哼着明月的曲子

去了　它想去的远方

童年

童年

是放学后的两集动画

是迪迦的那道光

也是忍者世界的羁绊

而今

却成了会模糊的记忆

童年

是乡下的暑假

和爷爷奶奶的日子

山林清脆，小河潺潺

快乐是简单的玩耍

追着蝴蝶跑

骑着黄狗闹

……

童年是段无忧虑的岁月

是记忆里的欢笑声

如今啊

童年只存在于记忆

是我时常想念

却再也回不去的小时候

红颜

天上仙子窗外月

苦寻知己赴人间

自古良人多难遇

唯有相爱是红颜

流年

岁月无声人易老

四季更迭一夜间

青春芳华留不住

回首再无是少年

初雪

她　在那头欢喜地说

北国的初雪已经飘下

雪白的世界像个童话

那漫天飘飞的雪花

是冬季写给世人的情话

她邀请我　前往她的童话

赴一场冬季的浪漫

南方的寒流已经袭来

风中是北国初雪的味道

它吹动我心中的童话

也捎来冬季的情话

我准备　乘一趟北上的列车

前往她的城市

赴这场冬季的浪漫

冬想

想念你

看着北国落下的雪

漫天飞舞

飘满了这个季节

就如我的想念

在冬季蔓延

如雪落下

飘满你的世界

厚厚地堆积

一层 又是一层

我望着飘下的雪

街上行人匆匆

霓虹闪烁

寒冷 却热闹

一月

年，她匆匆地

又回到一月

回到　年的开始

一月的我们　似乎

挣脱了昨日的紧迫

一下子

就有了大把的时光

可以安心地享用

人　好似也变年轻了

一月的时候

年　是新的

一切　都觉得新了

身和心　也摆脱了

往年的疲惫

感到丝丝轻松和慰藉

余生是你

我们深知

相爱是彼此想念

心有回应

也是那一句永远

所以此后

清风是你

明月是你

好梦也是你

往后

春花是你

冬雪是你

四季都是你

余生

清风温柔以待

四季冷暖相伴

我们生活漫漫

遥远岁月

数不清的日子

是岁月如风

回忆似梦，一切

都变得遥远起来

许多人　好多事

似乎忘却得多了

回忆就变得好少

再回首

却已是恍然如梦

无法寻回

夜无眠

你看

是风儿吹散了云

月儿才会格外明亮

是月儿不肯入睡

黑夜才会慢慢变长

你看啊

有一个人痴心为你

才会忘了睡觉

思念是他的夜色

明月是他的知己

心爱的人

如花的年纪

栀子花开的季节

遇见的她是淡淡的青春

久了，便成了心中

一份美好的向往

夜里

明月会准时地

照亮我的窗

也照亮远方

你有一帘幽梦

我有满天星辰

直到夜深时候　心中

会有一个很想念的人

曾经，她的微笑

让我心动

也伴我入梦

午后时光

午后的安详

是一个人

躺在摇椅上

闭着眼

静静地享受

阳光下的安宁

在不觉间

忆起往昔

许多的往事

在脑海里翻腾

在心里面温暖

也在岁月里沉淀

才发觉

嘴角已上扬

幸福在徜徉

离别情

江南雨

淋离愁

一片朦胧泪先流

良人去

离人恨

江水无情人难留

心花

佛说

每个人的心里

都有一朵未开的花

花开的时候

是最美的年纪

那时候

年少的我　还不懂

然，直到遇见你

双眸起了波澜

才知，是心动了

花　开了

在十八岁的年纪

就在遇见你的时候

在我的心上

你的眼里

花　开了

车子

我想有一辆车子

满足年轻的愿想

在雨季到来时

不再有狼狈的身态

想去远方时

可以说走就走

我想有一辆车子

不需要多么昂贵

实用就好

给生活带来便利

给小小的家庭

增添一份幸福

秋日心事

秋日的天空

云淡　风轻　遐想

看风吹的操场

绿色的草坪

和天边的夕阳

都有暗恋的姑娘

秋日的夜

清澈　微凉　憧憬

明月　敲开窗门

思念便得以解放

才知，是她

秋日也有了心事

烟花之约

今晚

是烟花的盛会

礼花升空

绽放出朵朵浪漫

可我心知

烟花绽放的美好

只是刹那的花火

所以我　会在

烟花绽放前

抓紧你的手

一起　静静地仰望

你眼中的光芒

关于初见

关于初见

或许是注定的

只有错过

才会是最美好吧

只因为，如此

她就会一直

在心里的某个角落

散发着淡淡的哀伤

和回忆的芬芳

她　就在那里

还是初见的模样

无梦令·情念

窗外月残风速

情念不知归路

远处夜星寒

寻遍雪花冰树

问路，问路

今夜又归何处

我想

我想在春天

摘一朵玫瑰

送给你

表明我的心意

我想在秋天

摘一轮明月

挂在你的窗前

装饰你的思念

我还想

在这美好的人间

紧紧牵着你的手

一起去探索未来

奔跑的少年

多年后

我再次踏进校门

仿佛　回到了从前

已记不清是何时

风吹散了曾经

大伙　早已各奔前程

再难重逢

风　从操场吹来

是年少的气息

又看见　那奔跑的少年

缘分站台

九月的雨

淋湿了这座城

却遇见了我和你

一个美丽的惊喜

在候车的站台

有你的微笑

和我的心喜

故事　从这里开始

洱海情

洱海

是梦中的那片海

常常萦绕耳边

漂在心上

总给我期待和遐想

于是　来到大理

于苍山之上

听微风窃窃私语

看洱海泛起涟漪

风花和雪月

在洱海上晕开

颇有诗意地　点缀了

年轻姑娘的眸子

也许，她们和我一样

在心中　带有一份

对未来的遐想

或是　对遇见的期待

在我的眼前欣赏着

眼前那片　风情洱海

一生太短

年华匆匆

岁月　影无踪

在相爱的日子里

才觉，这时光太快

这岁月太浅

一生　不够爱一人

明知道　来生无期

却仍要固执地

祈求下辈子

还要做你的爱人

与你相爱

春思

思念你

在春天的梦里

一入眠

就能相见

于庭前

看蝴蝶恋花

听小雨淅沥

于月下

诉思量，话情长

彻夜长谈心底事

告诉你，是思念

让我梦见

都明白了

走过很长的路

遇见许多的人

直到遇见你

才明白　夜为何漫长

思念又了无边际

直到遇见你

才明白

爱是会情不自禁

笑会是有所期盼

遇上你

我　都明白了

去拉萨

乘一趟慢速列车

从我的城市出发

和沿途风景一起

前往神秘的布达拉宫

听听文成公主的故事

轻抚石阶岁月的面容

感受古城历史的厚重

像朝圣者一样

不远万里地　来这儿

虔诚地默念祈愿

期盼

是离别

生长了期盼

这期盼很长

年初到年末

绿了春天

蓝了夏天

红了秋天

白了冬天

看尽春花

望穿秋月

再见时

又是一年

相见欢·初见

少年初遇惊鸿，太匆匆

常是夜来无梦月明中

忘不掉，常萦绕，几时重

终是青春如梦不由衷

海岸

傍晚的海岸

天空给海水染了颜色

醉了岸边的路人

海风也吹得舒服

很温柔且疗愈

路人和她的相机

都在收藏眼前的美好

把风景定格起来

做成礼物

送给　未来的自己

青春的后来

那年　那天的

那个午后

图书馆的相遇

翻开了我们

青春的诗篇

那是我第一次

勇敢的主动

才让我们有了我们

那青葱又纯真的

校园童话时光里

你是我的青春

伴我星河浪漫

陪我四季风华

在那美丽的年纪

象牙塔的青春

美好　于心中生花

可后来啊，青春

成了一场梦

醒来，我们散了

花之悟

春天的花

约好了开放

却看到秋叶的飘零

等不到花开的时刻

却看到冬日的洁白

穿越时空的期念

不随世事变迁

却成了我的习惯

曾经的你，现在的我

没来得及再一次遇见

都早已改变

改变着的我们啊

都在向往着

明天　会更好

白虎志·少年郎

年少轻狂追梦

乘风破浪前行

生而向阳炙热心

无所惧，敢追梦

一身是胆少年郎

鹰击长空振翅

鹏程万里高飞

壮志凌云登顶时

动山河，震天地

一鸣惊人撼四方

夜色

闪烁的霓虹

舒服的晚风

和身边的你

是今晚的夜色

今晚的夜色

温柔且多情

霓虹闪着暧昧

微风吹动青涩

心　在慢慢靠近

我们　有了默契

四年

四年

是一部青春的电影

九月的风

吹动青春的激情

汗水洒在奔跑的地方

十月的月

照亮恋人的思念

痴心的人会念到深夜

六月的青空

是不舍的道别

告别一段青春

选择梦的远行

相遇

相遇，是你我

在茫茫人海中

一个不经意的眼神

四目相视的刹那

便注定了

日月星辰的憧憬

而那微妙的情愫

是头顶的星河

藏了美好的期愿

乡愁

想家的夜里

孤独与我作伴

思念飘向远方

想请那天上的明月

喝一杯思家的苦酒

奈何　明月从不理会

只送我　一夜思乡情

每当我苦酒入喉

都醉了乡愁，上了心头

愁　愁　愁

遇见真好

惊喜的欢喜是

上一秒的找寻

下一秒的遇见

心动　总是不经意的

爱一个人的美好是

上一秒的微笑

下一秒的点头

爱情　是青春的童话

最美的爱情便是那

上一秒牵起手

下一秒到白头

陪伴　是最真情的浪漫

遇见真好

有了我们

惜真情

世间真情何为真

人间真爱何为爱

我自问天天不语

用心苦寻寻不得

世曰人心多善变

真心莫要错付人

小人私心谋私利

亲朋满座难倾心

爱真善美世难寻

历经世事方知爱

父爱以外难真情

母爱以外难真爱

错过

倘若花开只为花落

花落只剩愁情

我们只是过客

我只愿

错过花开，不见花落

如果遇见终是错过

错过只剩回忆

我们有了遗憾

我只求

错过遇见，便无初见

一个人的夜

一个人的夜里

是思念

敲开我的心扉

明月告诉我

心里住着谁

一个人的夜里

远方，是你那头

那头，是思念的归宿

风到的尽头

那头，是心爱的女孩

梦里的姑娘

六点钟

清晨的六点钟

是奋斗的时刻

那追梦的人

穿着得体有精神

面上微笑有阳光

照过镜子，带着初心

踏出小小的房门

朝阳已温暖了这座城

街边的餐铺冒着热气

豆浆油条也飘来香气

幢幢高楼和条条车流

都开启了新的一天

朝阳下　追梦城

有一颗向阳的心

正朝向　梦的方向

奔跑着　前行

安静的夜

安静的夜

适合孤独的人

可以的话

再下一场雨吧

安静地听听雨声

温习过去，幻想未来

呆呆地看着窗外

想一些有的没的

就会感觉很好

心暗面

倘若，面向大海

春暖后，是花开

那么，为何还会

有那么多人厌世

而后，放弃希望

离开这美好的人间

陌生的朋友啊

也许，你有想过离开

心　告别了世界

灵魂　便可以安放

但，请好好活着

因为，爱你的人

在等你回家

心向阳

如果，面向大海

心中　已是春暖花开

那么，我会带着热情

追寻升起的太阳

然后，去到远方

一个有诗意的地方

亲爱的朋友啊

我知道　这世间美好

都与你有关

生活也因我们而多彩

这美丽而有趣的一生啊

我会心存热爱　好好生活

因为，这世间美好

因我值得，因你可爱

给未来的回忆

想要去洱海

和心爱的姑娘

一起，看

苍山日落

洱海风情

也看你笑脸纯情

一起，听

民俗歌谣

苍洱故事

也倾听你的心声

一起，感受

风花浪漫

岁月静好

也感受你似水柔情

我想和你一起

做很多浪漫的事

给未来

留下很多的幸福回忆

还有期待

请原谅我

在这成人的世界

还有颗童话心

总在期待着　那

或许不存在

也许终会来

还很幸福的爱情

许愿瓶

青春的遇见

把时光　都惊艳了

是你的名字

我忍不住想念

对着月

我写下几行字

折成心形纸片

放进我的许愿瓶

再加点星光　盖好

摆放在窗前

梦见　它都实现

做一个快乐的人

我对自己说

从明天起

要做一个快乐的人

起床　刷牙　洗脸

都是快乐的音符

快乐从清晨开始

我对爱人说

从明天起

要做一个快乐的人

牵手　拥抱　亲吻

都是幸福的事

我们是对幸福的爱人

我对亲人说

从明天起

要做一个快乐的人

早餐　午餐　晚餐

都要按时吃

快乐地过好每一天

我对朋友说

从明天起

要做一个快乐的人

道别　离别　重逢

友情弥足珍贵

不管我们身在何方

也要常常联系

我对悲伤的人说

从明天起

要做一个快乐的人

悲伤　痛苦　孤独

都会过去

阳光会照亮阴暗

温暖心房

做一个快乐的人

笑对生活

我对快乐的人说

从明天起

我们都是乐观的人

以快乐的姿态

感染身边的人

让生活充满快乐

我对着天空宣布

从明天起

我是一个快乐的人

成功或是失败

我都微笑面对

我相信，乐观的人

会是幸运的人

我要做一个快乐的人

有一颗乐观的心

活出生活的色彩

给生活一个微笑

让生活充满阳光

愿世间的每一个人

都是快乐的人

你敲开我的窗

昨夜，是你

敲开我的窗

让明月照亮夜

让思念化成风

一直到深夜

昨夜，是你

填满我的梦

让夜变得温柔

让我做个好梦

一直到天亮

孤独海岸线

大学时

喜欢一个人

走在海边的情侣路

漫无目的地向前

路过日月贝

路过跨海桥

和海风和浪花一起

沿着长长的海岸线

一直走到路的尽头

从前

从前慢

一切都慢

上学慢

放学也慢

走路慢

单车也慢

单纯地慢

我们啊

慢慢地长大

现今

现今快

一切都快

步子快

车子也快

信息快

年岁也快

复杂地快

我们啊

还没长大

心就累了

美人怨·迟暮

闭月羞花终会老

美人迟暮了

城南花开春意闹

又闻佳人欢语轻声笑

南墙桃树今犹好

只是人已老

问天可否借华韶

面似润玉清容可安好

MP3

那个时候

还没有智能手机

没有会上瘾的手游

我们都喜欢听歌

一部小小的MP3

便是当时的青春

里面存了好多好多

爱听又好听的歌曲

也存了许多关于

那时候的单纯往事

如今，我也会偶尔

打开MP3　戴上耳机

跟随熟悉的旋律

穿越回到　那个时候

夏念

念你

伴着夏季的大雨

来得强烈凶猛

势不可挡　涌上心头

淹没了荷塘

打碎了芭蕉

惊扰了好梦

不知，这夏雨中

我心念的你

是否　把窗关好

彩虹

雨后

落下一束光

有七种颜色

是童话里的风景

当它落在眼中

照进心里时

世界便成了童话

这束光

有个美丽的名字

叫作彩虹

三世轮回

菩提风中花已落

自此心中无伊人

回首再遇看花人

不知曾是相思人

前世无缘看花落

今生菩提遇花开

不知前世情有缘

两心相遇红莲开

菩提花开三百年

重逢依旧明月归

佛说有缘终相遇

前世错过有轮回

心间红莲开三世

菩提树下痴心人

三世轮回终眷属

缘起眼前心上人

漂流瓶

若在今夜

思念　变成了大海

我就把星和月

装进我的漂流瓶

再加点海风　盖好

然后，投向大海

任其在孤单的夜里

随风逐浪　漂洋过海

仅你可见

我把爱

以这样的方式

偷偷告诉你

在你的背景墙上

画一颗爱心

注意查收

把想对你说的话

写在朋友圈

仅你可见

行者

行者

用步行的方式

走过山高水远

去过许多的地方

他用朴素的镜头

呈现了他

所到过的风景

遇见的人情

他分享去过的远方

让心有枷锁的人

看到诗意

重拾　被遗落的美好

行者啊，谢谢你

谢谢你远行的分享

相忘

我要割断对你的情

从此

就断了思念

没了思愁

夜里，不再有思念的姿态

我要斩断对你的爱

往后

清风不带思愁

明月再无思念

远方不再有你

我已决定忘记你

余生

你只是你，我还是我

不再相见，不再想念

只愿

你也忘了我

如此最好

相忘　两不欠

初秋

初秋的风，微寒

门前的桂，清香

天上的月，洁白

转凉的夜

微风拨开窗帘

寒意却很舒服

而我，喜欢这样的秋

喜欢微寒的风

桂花的香

以及月下的远方

听史书

古朝各代千秋史，皆成佳话万世扬

今读史书知功过，千古一帝秦始皇

起初七国战不休，古帝挥军大一统

可怜二世无贤能，皇图霸业转眼空

楚军力拔气盖世，起义功成称霸王

奈何自傲才人去，霸王别姬未过江

大汉天子有权谋，社稷安享四百年

独尊儒术汉武帝，丝绸之路盛世年

昭君琵琶出塞去，可保太平五十年

西汉末年外戚政，王氏篡汉建新朝

光武中兴东汉起，和帝逝后戚宦争

东汉末年三国志，君主谋士演三国

多少豪杰乱世起，英雄枭雄谈笑间

群雄争霸难伯仲，不敌岁月尘土间

司马一统三归晋，后裂分地南北朝

终是天下难太平，百姓流离大南迁

隋帝起军合天下，开皇之治创科举

二世乱政失民心，晋阳兵变李唐起

繁荣大唐开盛世，世人景仰万国倾

贤能志士多才俊，更有千古女帝王

文人挥笔有仙风，美人羞花花想容

安史之乱盛唐去，朱氏夺权再无唐

五代十国分天下，战乱四起民哀号

合久必分分久合，北宋一统平乱世

大宋民富上河图，繁华闹市盛于唐

文人骚客八大家，一笔落墨美名扬

奈何末年狼烟起，元军直入崖山海

大元可汗勇善战，铁骑驰骋马不休

连年征战民生苦，农民起义明朝兴

大明永乐盛世好，天下太平享繁华

谁料末年民生乱，清兵入塞立清朝

康乾盛世天下荣，嘉道中衰世界后

大清不问世界史，闭关锁国繁华逝

繁华逝，皆成空，从此古朝成历史

今人再读古代史，方知以史能为镜

领略古人英雄志，看罢各代王朝史

秦王称帝大一统，后汉唐宋元明清

今看前人皆为史，今朝还看少年强

笑颜

那天

是你的笑颜

闯进我的微笑

在眼里成风景

于心上起涟漪

你是我生活的期盼

给了岁月温柔

入夜了

我会把思念

都寄给星和月

拜托它们

做你窗外的夜色

点缀你的眼睛

勾勒出思念的风景

和嘴角的笑颜

岁月情长

岁月悠长

我们善良

故事漫漫

我们情长

恋爱的感觉

甜甜的恋爱

像童话的爱情

那恋爱的感觉

如初见，像花开

约好的

晴天相见

雨天想念

夜里思念

梦里相恋

这恋爱的感觉

如春风，似暖阳

温柔了青春

唯美了年华

心声

你说

我在的时候

夜是温柔的

心是偏爱的

我说

你在的时候

手是温暖的

夜是温馨的

你说

分开的时候

世界就安静了

孤独，是一个人的思念

我说

分开的时候

月色就朦胧了

思念，是一扇关不上的窗

我们深知

在一起的日子

才是想要的生活　于是

我们宣读爱的誓言

戴上了婚戒

结为夫妻

夏天的后院

夏天的后院

是我和我的猫

爱去的地方

一本书，一壶茶

便是午后的惬意

葡萄架下的微风

躲过日头的暴晒

送来阵阵清凉

让夏天那么静好

当我倦了时

便会喝一口茶

伸一个懒腰

才发觉，我的猫

已经睡熟了

她

在这偌大而拥挤

又常感孤独的城市

遇见了她　真好

她　　是盛开的夏花

在心间，唯美了时光

她　　是夜里的情念

在窗外，温柔了月光

仅是遇见就很欢喜

仅是梦见就很满足

无题

你好

若是心中的欢喜

都在你眼睛看到

日月星辰为你所动

我便会微笑上前

与你相识

睡了吗

若是今晚的星月

也是你钟情的风景

我们　心有所念

相思成了疾

无解药，又何妨

书和日记

书里，都爱写

好多的浪漫

总是让人偏爱

让人期待

可青春的日记

却不像书中精彩

总少了些刚好

和开口的勇气

像是注定的

我在书中遇见你

却要在日记本里

写下遗憾

年轻的诗意

如果心怀诗意

那就去追吧，趁年轻

去看你向往的风景

和远方的诗意

用相机定格美好

与自然和谐亲近

以不同的仰角

记录眸里的星辰日月

用年轻的双手

捧一口甘泉，饮下清甜

也一定要用力地呼吸

大草原的绿色

去享受风吹过的轻松

……

和心爱的人一起去吧

以爱之名，奔向远方

一起收集世间美好

让岁月可回首

存心间有温柔

后知后觉

星星突然坠落

我心中的祈愿

都为你点亮

才恍然

那些看过的景

不眠的夜

都因你而美丽

才明白

初见时的慌张

原来　是心动

情深

喜欢你

喜欢你的微笑

像太阳的光

照进我的心里

温暖且温柔

也喜欢你不时的调皮

有意或无意

都给我欢喜

还喜欢你噘起的小嘴

吻在我唇上的温柔

热烈或是深情

我都无法抗拒

我爱你，情深

爱到深处自然痴情

你爱我，情真

爱到深处自然懂得

相爱无猜

岁月静美

来生缘

心爱的姑娘啊

如果有来生

我要在你

情窦初开的年纪

做你的初见

与你相恋

长相思·情深

爱之真，情之真

一见钟情愿此生

初见入红尘

思之深，念之深

日升月落伴此生

好梦梦情深

诗人

我不知道

这算是幸运

还是个遗憾

遇见你

错过你

因为你

在夜里

我成了一名

痴情又多情的

诗人

美人

初见牡丹天香色

微微一笑盛世颜

倾国倾城倾天下

绝世风华胜仙颜

无题

春风得意吹十里

满城花开不及你

昨夜清风八万里

翻山越岭去见你

三行情诗

钟情的人

总是过分痴情

就像我　对你

遗憾

曾经年少不经事

误入红尘

弄得满心伤痕

还怪日月星辰

当时青春初见你

惊了时光

日月星辰念你

满心欢喜是你

后来青葱负年华

错过了你

执笔皆是遗憾

余生皆念当时

玉兰花香

那是个说话

都会脸红的年纪

一张张青涩的面孔

搭着单纯的懵懂

一些不敢开口的话

和那个藏在心里的人

在那间玉兰飘香的课室

我们　都是那么的小心

没有被旁人察觉

也没有被她发现

情归处

这一路，我

兜兜转转，马不停蹄

趁着最好的年华

赶在相遇的地方

只为遇见你

这一生，我

走走停停，寻寻觅觅

在红尘中流浪

在人世间找寻

是遇见的你

让我停下脚步

想要一个家

最好的爱情

最美的遇见

是两人

一见钟情

彼此心动

最好的感情

是我们

惺惺相惜

相爱无猜

最好的陪伴

是余生

朝朝暮暮

慢慢白头

最好的爱情

是真爱

始于初见

终于幸福

佛语我

我问天

佛为何懂世人　度众生

曰：佛为过来人

有一颗纯粹的心

不染三界尘埃

世人为凡人

七情六欲不可控

在凡世间历经着

佛所知所经的事

然而，痴情的人

困在红尘，为遇她

那朵心上的莲

于是

我遇见了佛

我问佛

是不是每段感情

都会开出一朵花

佛说：并不是

只有两个相爱的人

彼此付出真心

爱情才会开花

我问佛

为何不让世人都遇到真爱

让每段感情开花

佛说：每个人都曾心动

遇到真爱，只是有的人

在犹豫中错过，在卑微中失去

每个人都在情窦初开的年纪

初见她

可初见　只是昙花一现

抓不住，就消失了

我问佛

为何有的人　将就

却又幸福地过完一生

而不是和自己心爱的人

佛说：因为错过，所以失去

因为失去，才懂珍惜

他们都珍惜当下的生活

也珍惜眼前的人

我问佛

可否赐我一段良缘

待菩提树花开

能结出善果

佛说：缘，是前世的期盼

今生的心动

心善向爱，心存美好

有缘的人，终会遇见

我问佛

我为何会常感孤独

佛说：一颗心需要另一颗真心相陪

两颗心才能抵抗这世间孤独

灵魂才能相互依靠

我问佛

我会遇上一位什么样的女子

佛说：她会是一个善良的人

有一颗纯洁的心

微笑无邪，脚下莲花

她会在你的心上

种下一朵莲

我问佛

遇见的时候

我为何会不知所措

佛说：遇见的时候

是她，惊艳了你

让你慌张，让你欣喜

她　是你的风景

这　是青春的遇见

心动的感觉

我问佛

夜　为何漫长

思念又无边无际

佛说：清澈的夜，明月无瑕

清风扰人，不肯入梦

那心爱的姑娘

一刻不见，就会想念

一日不见，如隔三冬

我问佛

是不是相爱的人在一起

生活就会快乐幸福

佛说：幸福，是两个人一起

吃生活的苦，品生活的甜

一起面对未知

两个人的生活

不是一个人的付出

幸福　是彼此

爱对方多一点

我问佛：何为缘

佛说：缘有三生

前世今生来世

一轮回

然而，最美的莫过于

在今生相遇

开花　结果

水调歌头·庚子中秋

庚子中秋，皓月明朗，思家，作此篇。

青天问明月，游子归何年

不知明月何意，今宵为何圆

我欲饮酒作乐，举杯对月酣饮

又念团圆年

明月照我影，相思到天边

异乡人，故乡月，夜无眠

心中有恨，故乡月圆人难圆

待到心成梦圆，相聚又是何年

何夕又月圆

只愿故乡好，归来而立年

后 记

愿每个人

都在最美的青春

遇见他/她

愿追梦人

都在奋斗的年纪

梦圆

愿有情人

都在相爱的年华

成眷属